Le passage

notre catalogue complet sur
saintlegerproductions.fr

Géry Van Dessel

Le passage

Illustrations de Magdalena Wlodarczyk

SAINT-LÉGER ÉDITIONS

Visage d'espérance

À SON PASSAGE
Sur la face de la terre
Je vois un visage d'espérance
Dans le sillage de la confiance

Le feu de ses yeux
Illumine les murs
Fondant comme cire
Le souffle fait grandir l'ouverture

Vers mes rivages va sa voix
Fais jaillir la joie
Le soleil levant que je respire

L'aurore dore déjà
Ce qui sera tantôt
L'ardent renouveau

Ici

Ici

TU DIAMANTES LA VILLE
Se dressant comme une île
Par tes doigts cimes d'amour
Créateurs pour toujours
Semant des lumières de nuit
Constellations de vie
La nuit devient jour

Il est bon que nous soyons ici

Tu répands des sources d'eau tranquille
Qui se multiplient par mille
Le cercle s'élargit
L'eau tisse son fil
L'acte nous réunit
Dans la toute-puissance d'aujourd'hui

Il est bon que nous soyons ici

La délicate ciselure
Des voix du vent
À la chaleur expressive
Aux couleurs vives
Déployées telle une tenture
Depuis le fond du firmament
Paroles pures
Données en nourriture

Il est bon que nous soyons ici

Digne d'amour

DIGNE D'AMOUR
Sur les quatre horizons
La terre demande des égards
Et de la considération

Dignité donnée
Dans un geste infini
Un manteau de baisers
Brasier de vie

Ta voix d'amour donne sa force au roseau
Ta porte ouverte est promesse de renouveau

Mais le monde fourmille
Se perd et se gaspille
L'homme recouvert d'écorce
Comptant sur ses seules forces
Fait les choses à sa façon

Sens-tu la sentence
Clairs-obscurs perméables

Étant les préalables
Avant de conclure

Tempêtes en tous sens
Fermeture des horizons
Confusion des saisons
Inondations, déluge
Dilution sans refuge

Descente aux profondeurs
Ténèbres de panthères
Creusement du cœur
Les cris perlent vers le ciel

Puis au dernier moment
Survient l'oiseau blanc
Murmure d'une brise légère
Malgré les impasses et les murs
Se dessine une ouverture

Oiseau, ramène un rameau
D'une terre émergée
Digne d'être aimée
L'amour tresse le recours
L'alliance, l'alliance, toujours recommencée

Ta voix d'amour donne sa force au roseau
Ta porte ouverte est promesse de renouveau

Traces de couleur

METS TES EMPREINTES DE PAIX
Partout où tu passes
Au cours du jour
Dans le doux crépuscule
Sous les plis de la nuit
De tes pas il restera
Pétales de soie
Moments d'amour
Rencontres en majuscule
Paroles s'ouvrant sur un oui
Traces de couleur
Tu es créé créateur de vie

Demeurer

La terre t'aime
Pourquoi t'envoler
Déplier tes murailles
De pâles pétales
Aussitôt séchés
Pourquoi tes fuites et tes absences
Un souffle peut te former
À sa ressemblance
Élargir la pureté
Qu'elle t'habite tout entier
Regarde les champs déjà dorés
Sur la tendre terre
Brûle tes chimères
Nie le néant
Reviens à la vie première
Incarne le rayonnement
Pour demeurer

Plaine de confiance

ENTRER DANS UNE PLAINE DE CONFIANCE
Savourer par avance
Respirer les couleurs des roses
Espace de métamorphose
De force et de liberté
Être habité

Je goûterai la douceur déposée

J'avance vers un point
Le ciel se peint
Bord bleu du monde
Mon but est la béatitude

Gravir les degrés
Arbres constellés
Contempler en altitude
Et au fond des choses

Les ailes du jour se croisent
Derrière la voûte turquoise

Teintes dorées
Cendres animées

La nuit apparaît sans bruit
Les yeux des perles scintillent
Aux fleurs répondent les fruits
Ta cohérence me comble d'espérance

Je goûterai la douceur déposée

Conduis-moi à l'orée
Prépare-moi à l'aurore
La Vie même détruit la mort

Babel

« Et je sentais passer dans ce déferlement
Si monstrueux l'haleine énorme de la vie
C'était tout le passé d'abord et son envie
De conquérir et de créer. C'était Babel
Brandissant son orgueil de pierre, vers le ciel » (Pascal Bonetti, *Choix de poésies*, Firmin-Didot, 1960, p. 58)

Ils entament le chantier de Babel
Pour escalader le ciel
Triompher des montagnes
Entasser ce qu'ils gagnent

Ces superbes sont dispersés
Leur science sans âme
Ne peut l'expliquer
Plus haut se trouve le dernier mot
Mais ne pas l'écouter, ne pas récolter

Autre rêve englouti
Construire un immense navire
Fuite intense dans le défi
Garantie de mourir

Et toi, Babel ou Titan
Ton souvenir est du vent

Se tenir à la merci de la nuit
Dans les couloirs de pluie
Croire aux miroirs
Au silence illusoire

Ville flottante
Plaine mouvante
Victoire précaire
Ici devient naguère

Et toi, Babel ou Titan
Ton souvenir est du vent

Récolte

UN GRAIN ENFOUI
Devient épi
L'enracinement
Vie, rayonnement

L'âme prisonnière
Repliée
Sur elle-même
Délivrée
Par une troupe de lumière

Tu m'as donné
Les mots pour te parler

Pauvreté pauvre temps
Où je te tournais le dos
Tu m'as donné les mots
Pour entonner mon chant
Tout comme un enfant

Devenir un être d'alliance
Aboutir à l'abondance
Récolte débordante
Dérobade de l'ombre

Tu m'as donné
Les mots pour te parler

Ta présence dit tout
Porteur de source

Reviens encore

REVIENS, PRINTEMPS
Je demande la lumière
Au moment présent
Délié des barrières

L'oiseau va fleurir
Et porter mon rêve
Il pourra prévenir
L'hiver qui s'achève

Reviens encore
Parole d'aurore
Je te respire
Toi qui délivres

La prière palpite
Tendue vers l'instant
Tant attendu, la pépite
Patient devenir du cœur

L'amour change les couleurs
Dans le désir d'être meilleur
Perle d'or pur
Balaie l'obscur

Il y a toujours eu un printemps
Au départ d'un fragment
Miel mêlé à l'amertume
Ciel adouci qui s'allume

Reviens encore
Parole d'aurore
Je te respire
Toi qui délivres

Le passage

SUR MOI SE POSE
L'annonce d'une mission
Je reçois ses rayons
Maintenant j'ose

À la faveur d'une étincelle
Ailes dans cette direction
Évitons les sentinelles
Et le qu'en-dira-t-on

Le passage approfondit
La foi et le défi

En réponse à l'appel
Une note du ciel
Tombe en pluie
Et la vie fleurit

Notes, notes enchantées
Transmettre ce qui s'achève

Le passage

Suis-je à la hauteur de mon rêve
Ou seulement
Une musique en chantier

Grimpons aux larmes de l'échelle
Tremplin de voyage
Escalier d'éveil
Feuillage au front
Nouvelle chanson

Le passage approfondit
La foi et le défi

L'espoir et ton visage

IL FAUT Y CROIRE
Échapper à la main noire
De chaque orage
Dans quoi traîne ma mémoire
L'espoir et ton visage
La demande en mariage

Le désert doit être traversé
Choisir d'obéir, affronter
Le signe de contradiction
Défense du sens
Contre les soupçons

Dépasser l'offense
Accomplir la mission
À mes côtés
Tu es toujours restée
Nos fils que tu as enfantés
Deux pas vers l'éternité

Les ondes s'étendent
Don de la partition
La danse s'avance
Elle donne la direction
Suaves guitares et chansons
Mûre est la moisson

Dans quoi traîne ma mémoire
L'espoir et ton visage
La demande en mariage

Matinée animée

TIRE LE JOUR VERS SON ÉTINCELLE
Regarde il vient de commencer
Coule, coule l'aube nouvelle
Tu te remets à chanter

La joie n'est pas la tienne
Elle t'est donnée
Que tu t'en souviennes
Alors nettoie la buée

Matinée animée
Écoute-la tinter

Enlève la pluie aux fenêtres
Balaye devant ta porte
Quelqu'un viendra peut-être
Plonge dans la foi forte

Et va jusqu'au bout
Si on la laisse aller

La rime ira jusqu'où ?
Les sons de la liberté

Matinée animée
Écoute-la tinter

Printemps caché

« Le jour s'éveillait dans une légèreté où filtrait l'irrésistible attraction d'un Appel de la Lumière. » (Éric de Rus, *La brisure et l'envol*, Saint-Léger éditions, 2021, p. 36)

PRINTEMPS CACHÉ
Avec ses grands morceaux de ciel bleu
Viens m'éclairer

Promesse qui rend heureux
Tu as toujours été là
Tu succéderas à l'hiver
Tu réveilleras la terre

Renversement possible
Tourné vers toi
Dans tous mes pas
Remplis par la présence invisible

Retournement du cœur
Blé de la lumière

Plein ciel intérieur
Source qui désaltère

Ensoleillement des profondeurs
Dans ma propre chair
Poussent racines et fleurs
Pétales de l'alliance
Harmonieux mystère
Seuil de l'espérance

Printemps caché
Avec ses grands morceaux de ciel bleu
Viens m'éclairer

Buvons le fruit

POURQUOI PLEURER LA FIN DU JOUR
Quand le ciel brûle encore
Les ailes rouges bougent
Autour des rives d'or

Je suis une partie du temps
À moi de jouer maintenant
De prendre la lumière
Les yeux grands ouverts

Je crois en ce lieu
Qui tisse l'instant
Donne-moi le feu
Il vient et se répand

Libérée de toute entrave
La vague d'étrave
Livre passage à la paix
La noirceur se tait

Pourquoi tenter le détour
Quand le ciel s'allume
Par la promesse
Feu communiqué jamais ne cesse
Corbeille de vie

Avant-goût d'un rendez-vous de fête
Préface d'un livre infini
Alors redressons la tête
Ôtons l'ombre
Et buvons le fruit

Flammes unies

FLAMBE ÉTÉ
Fondent les cires des masques
Le ruissellement de clarté
Efface les obstacles

Tout passe
Hormis le don gratuit
La source nous dépasse
Et jamais ne dévie

Flammes unies
Flammes unies
Tapisserie de vie
À toi seul relié

Face à face
Arc de ton regard
À l'écart on s'égare
Que veux-tu que je fasse

La joie est rempart
Éclat de vie
Elle se déclare
En étincelles jaillies

Flammes de fécondité
Ma confiance emplie
Le fardeau léger
Beauté des flammes unies

Flammes unies
Flammes unies
Tapisserie de vie
À toi seul relié

Dans mes souvenirs

Dans mes souvenirs

Je voudrais m'endormir
Dans mes souvenirs
Peuplés de jardins infinis
Ou bien m'envelopper
De la douceur dorée
Des feuilles folles qui m'accueillent

Ma main caresse le champ
Éclat des battements
Du cœur qui s'agite
Comme au premier matin
Le feu crépite

Je voudrais m'endormir
Dans mes souvenirs
Depuis le temps
Des premiers chants
J'ai trouvé un soleil salutaire

Couronne incorruptible
Le son de sa réponse
Est suave lumière
Son amour qui est de toujours
En m'accrochant au clair été
Je m'affine et je fonds
Dans le songe

Part d'aube

AU BORD DE L'AUBE FUGACE
Promesse à embrasser
Sa couleur va m'emporter
Pour le temps où sa place
Se posera dans mon cœur

Prêt à imprimer
Les premières traces
Du jour déposé
Appui d'un puits vivace
Pour avancer
Commencement né de l'intérieur
Du rien vient la grandeur

La pointe de lumière, d'abord centrée
S'étend ensuite

Je suivrai ce sentier
Semé de pages d'espoir
Je ne puis les ignorer

Malgré les sillages noirs
Mais je mets à néant ces nuits
Relevé par ce qui suit

C'est ma part d'aube
Porte de renouveau
Tesson de soleil levant
Essor vers le haut
D'un enfant se dessine le printemps

La pointe de lumière, d'abord centrée
S'étend ensuite

Une goutte

JE NE SUIS QUE GOUTTE
Mais la mer me tient en majesté
Dans sa main d'écoute
Prête à m'entourer

De mon fragment de vérité
Je me fonde sur sa force secrète
Une vie à traverser
Le soleil s'y reflète

Une goutte mérite tous les secours
Tu es celle qui manquait
Ajustement parfait
Ici naît le toujours
Que la mer préparait

Elle nous veut réunis
Parcours pour l'infini
Couplet sans détour
Rond comme cellule

Accueillie en majuscule
Purement par amour

De mon fragment de vérité
Je me fonde sur sa force secrète

C'est en toute cohérence
Pour une seule goutte
La mer murmure et tremble
Elle saigne si je l'oublie
À son image je ressemble

Sur ta pierre

TENDRE GRAIN MOULÉ
Ballotté par la houle
Tel l'humain dénoué
Dévoré par la foule
Ceux qui jaugent et jugent

Assaut de l'essaim
Les loups assouvissent leur faim
Face aux forces des falaises
Roulent les pierres guerrières
Les clous s'enfoncent

Les pauvres contestataires
Érodés par la lumière
Deviennent poudreuse poussière
Pailles balayées par le vent
Noyées dans les eaux de l'éphémère
Tandis que je m'élance
Au son de ton chant

Sur ta pierre

En toi, toutes nos sources
Pour fonder sur ta pierre

Pour vivre que faut-il choisir
Le tourbillon mondain momentané
Ou les couleurs de l'éternité
Le signe de l'être ou du paraître
Ton épaisseur donne la paix
Pour un jour, pour toujours et à jamais

S'ils retombent sur leur propre ombre
Affranchis-les de ces chaînes
Te suivre n'est pas une condition
Mais une conséquence
Confiant en qui est fécond
Je m'élance au son de ton chant
Tu m'as répondu
L'amour désarme la mort

En toi, toutes nos sources
Pour fonder sur ta pierre

Recommencer

N'ÉCOUTEZ PAS LES PAS DU BOURREAU
C'est le temps qui passe
Seul compte le chemin nouveau
Ne vous fondez pas dans la masse

Le creux ne fait que se creuser
Ce qui se confond sombre
Mais si les couleurs tombent
Tes mots sont des sentinelles dressées

Recommencer
Se mettre en marche
Par toi au-dessus de tout nom
Ton nom de clarté

Recommencer par ton aujourd'hui
Briser l'enchaînement des événements
Peu à peu il fait place à mon défi
Aller de commencement en commencement

Ne pas rater le passage
De l'ange toujours en avance
Se tenir dans la vigilance
Avant la grâce du voyage
Il devance les premières lueurs
Ferme la porte de la peur

Modifie l'obscur en pur
L'aurore scintille
Clairière de vie

Recommencer
Se mettre en marche
Par toi au-dessus de tout nom
Ton nom de clarté

Terre promise

La terre promise
Est une personne à conquérir

La promesse a un devenir
Si dans l'espoir tu puises
Si ton histoire est alliance
Croire et tout commence

En te renouvelant chaque fois
D'exode en exode
D'errance en errance
Avant de trouver la voie

À la lumière du désert
Élimine ce qui te perd
Se délier de l'adversaire
Briser le cercle de pierres
Pour passer en terre promise

Après l'entrée en terre promise
Tu chanteras
Tu célébreras le passage
Le paysage de vie apprise
Déploiement du présage
Je serai avec toi
Partout où tu iras

La terre promise
Est une personne à conquérir

Le décor dansant

LA MER S'ÉVEILLE
Elle va se recoudre
Goutte à goutte de silence
Gouttes d'espérance

De chaque soleil
Jaillit une clarté nouvelle
Dans l'attente du soleil qui suit
Lumière à refaire
Par une autre lumière
Dissipant les doutes
Essor sous la voûte

Quand la pulsation reprend
S'ouvre le décor dansant

Reflets d'or et d'argent
Aux éclats du cor
Une encre d'étincelles
Trace un sillon dans le ciel

D'un premier commencement
L'univers s'étend
Pas à pas venir à toi
L'aurore ardente nous devance
Sonnez et dansez
Sur le passage du grand roi

Quand la pulsation reprend
S'ouvre le décor dansant

Lumière réfléchie

Je ne brille pas de ma propre lumière
Mais d'une lumière réfléchie
Donnée par l'élan de la vie
Découverte du mystère

Balayés les remparts de terre
Sans contenu, ils s'effondrent
Un fragment de vérité
Chasse l'ombre
Rien n'est absorbé
Par un cœur de pierre

Je ne fais que continuer
Une musique déjà commencée

Que muraille devienne
Multitude d'âmes
Que ma rime soit rame

J'écoute, je regarde
Et je tends l'oreille
Musique enroulée de paroles
Qui émerveillent

La vie s'illumine
Lorsqu'elle est tressée d'humanité
Le vent m'entoure
Il dévoile le ciel espéré
Qui jamais ne se termine

Je ne fais que continuer
Une musique déjà commencée

L'arche

« Ô colombe lointaine, oublieuse de l'arche.
Fleuve niant la pierre où ton cours s'est formé
Torrent insoucieux du mont où tu es né.
Peuple qui a perdu la voix des patriarches. » (Jean Tordeur, *Prière de l'attente*, Casterman, 1947, p. 19)

CHAIR LÂCHÉE DE L'ARCHE
Que vas-tu devenir
Chair lâchée de l'arche
Souvent tu vas souffrir

Délivré d'hier
Noé s'approche de la terre
Liberté sans frontière
Emplie de pureté
Sortir de la mer
Revoir la beauté

Écoute du son
Tout près de la création
Inconcevable conception
Fini le temps de manque
Plénitude des saisons

Écoute de soi
Début de l'oubli
De la respiration donnée
De l'arche de roses rouges
Offertes pour toujours

Chair lâchée de l'arche
Que vas-tu devenir
Chair lâchée de l'arche
Souvent tu vas souffrir

Noé a vite oublié la leçon
Se tournant vers le sans retour
Glissant de l'unisson à la barbarie
De l'alliance à l'insouciance
De la mission à l'anarchie

Le cœur, note par note, s'éteint
Il devient lointain
Les yeux signifient l'adieu
Le repli sur soi se répand
En lettres de feu

Les mots qui coupent
Les paroles noires
Qui se vantent de vanités

Les regards flèches
Coups de boutoir
Comme un faisceau d'éclairs
Font fléchir la poutre maîtresse
Sans cesse les serpents se dressent

Chair lâchée de l'arche
Si tu voulais revenir
Chair lâchée de l'arche
Souvent tu vas souffrir

Renaissance

LES PÉTALES TOMBENT EN LARMES
La lumière perd ses armes
Plus rien en apparence
L'aventure du silence commence

L'esprit vivifie ce qui se décolore
Pour préparer une rencontre
Au lieu même de la mort
Montée de l'amour infini

Sortez forces fécondantes
Après avoir plongé
Dans votre substance
Terre de votre renaissance

Le passage va délivrer tes yeux
Message où couve le feu
Du tout est possible

Entendez-vous résonner dans le soir
Les sons ailés de l'espoir
La loyauté jamais ne s'évapore
Venez en lettres d'or

Tissez des mains de clarté
Les notes se fondent en accords
La musique libère les mots
Comme les fleurs s'ouvrent dans l'eau

À la lueur des rayons
Unis pour l'harmonie
La fleur s'épanouit
Elle devient tapisserie

Le passage va délivrer tes yeux
Message où couve le feu
Du tout est possible

Sève transfigurée
Danse dans l'air ensoleillé
Veille vers le printemps
Ce qui est parti
Reviendra en chantant

Encore et toujours

Œil et lumière
Rempli de prières
Dénué de toute nuit
Celui qui luit

Sa présence étincelle en moi
Elle se déploie
Au cœur d'un bonheur royal
Je ne crains aucun mal

Encore et toujours
Il se donne
Dans la patience de l'amour

Il m'attendait
Mais je m'en allais
Loin de l'arbre de vie
La source jaillie

J'ai cherché en vain
Dans les mélodies des chemins

Encore et toujours

Le noir m'enfermait
Et tenait mes poignets

Œil veilleur, tu me vois
Ta main me conduit
Tu me dis : Tu viens de la voix
Et tu y retourneras

Encore et toujours
Il se donne
Dans la patience de l'amour

Guetteur observant les alentours
Avec ton cœur débordant d'amour
Tu m'as averti
Me voici

Œil et lumière
Rempli de prières
Dénué de toute nuit
Celui qui luit

Sa présence étincelle en moi
Elle se déploie
Au cœur d'un bonheur royal
Je ne crains aucun mal

Encore et toujours
Il se donne
Dans la patience de l'amour

Un nouveau jardin

« *J'ai regardé pousser le Printemps de ma porte…*
J'avais le soleil tendre à mes pieds, sur mes mains,
Et dans les yeux au loin l'espace et les chemins
Montant au ciel avec tous les champs pour escorte. » (Marie Noël, *Les chansons et les heures*, Stock, 1959, p. 127)

UN NOUVEAU JARDIN
Flambé de lumière
Où le poème inscrit dans les roses
Touchera plus tôt le ciel
Grâce aux ailes du soleil

Aller toujours plus loin
Trouver sa propre parcelle
Carrefour printanier
Invitant à l'éveil
Élan vers la prose du matin

La main saisie
Conduit à la voie choisie
Gravée en toi

Dans ce sens de l'essentiel
Les ponts se révèlent
Se décider ou bien
L'invitation sera fanée
Retour sur soi
Voie sans issue

Se faire prendre par les méandres
Rester lointain du nouveau jardin
Mais si tu y viens
Prépare ta corbeille

La main saisie
Conduit à la voie choisie
Gravée en toi

Toile d'attente

Toile d'attente

Toile d'attente
Te souviens-tu de mon regard
Vivras-tu en œuvre d'art
Ou en peinture ressemblante

Toile d'attente
Laisseras-tu s'imprimer l'empreinte
De notre tendre étreinte
Pure du paradis perdu
Celui qui ne reviendra plus

Toile d'attente, je te le demande
Reste telle que tu es
Ouverte à l'imprévu
Au silence et à la paix

L'eau transparente
Sait garder le présent
Et les secrets

Car elle est pure offrande
Sujet et non objet
Données de plein gré
Les secondes deviennent éternité

Humanité partagée

LA MISSION SOMBRE
Poursuit son ombre
Elle n'avance pas seule
Du cœur peut surgir le linceul
Sous le ciel noir tressé

Ne suis-je caillou jeté
Dans l'océan de ton oubli
Déjà jugé et refroidi

Veux-tu une humanité déchirée
Aux poings fermés
Au sort scellé
Ou une humanité partagée
T'arrachant des ténèbres
Et de la nuit

Un espoir de pluie
Don dans le désastre
Ondée tardive
L'once de leçon délivre

Rompre le silence
Écouter
Sentir l’eau et bourgeonner

Tu me tends la main
S’offrant à la rencontre
Au tournant d’un chemin
Le jour t’étreint
Il t’éclaire par les bras de l’aurore
Tu entres dans la lumière sonore

Le gué

DANS LA FORCE DE L'AUBE, UN GUÉ
La clarté me permet de passer
Par ses mains si pures
Qui percent les armures

Mon visage figé s'éveille
À voir les oiseaux signer le ciel
Dans l'eau fraîche je m'avance
Je saisis ma chance

Par ses mains si pures
Qui percent les armures

Il en roula tant de pierres
Ridant l'eau sous la lumière
Avant que je traverse ce gué
Portant la plage de mon passé

Rire de la rivière
Poser le pied à terre

Après avoir vaincu le ressac
Échapper aux réceptacles

Nuages d'orage
Impasse devient passage
Combien d'ennemis acharnés
Maintenant je suis passé
Dans la paix je t'ai rencontrée
La vie est un mystère à partager

Par ses mains si pures
Qui percent les armures

Bonheur épais
Jet de galets
Pour ricocher à deux
S'élever dans l'aube bleue

N'imagine pas l'adieu

LES PÉTALES DE L'ÉTÉ
Tôt ou tard vont tomber
N'imagine pas l'adieu
Il nous reste encore du temps

Consens au silence du soleil
Qui sèche les larmes
Tout s'efface
Dans l'ascension infinie
Des songes qui s'entassent
Les reflets de l'éphémère
Deviennent grains de poussière

Brouillard bleu
Brouillon de jour
Juste un peu de gel
Sur le parcours
J'attends des ailes
Pour retrouver le jour
Toujours recommencé

Le désir doré
D'autres dés

Après les ténèbres
Un buisson de lumière
Le soleil a tant à nous dire
Il attend notre sourire
Qui répond à nos chants

Promesse sincère
D'un monde généreux et solaire
Être ouvert détache du désert
Couronne d'or

Alors n'imagine pas l'adieu
Il nous reste encore du temps
D'une danse d'été
Danse dans le ciel bleu
Bleu céleste
Pour la suite des âges

Hommage

DANS LE VELOURS DE L'AURORE
Un jardin heureux peut éclore
Fleuri de mots d'amour
Dans la ferveur du parcours
Car tu attends le passage
Avec musique pour bagage
En cherchant une main de clarté
Pour t'emporter et te guider
En déjouant les paroles sombres
Et les bords de l'ombre
Consumés par ton envol sonore
Seules les ténèbres finiront par faner
Face à l'essor de l'éternité
Ce printemps pour toujours t'aimera
Car tu l'auras attendu
Il regardera en toi
Ta voix brodant le tissu
Ce printemps te plaira
Tu chanteras désormais
Pour le jardin retrouvé

Ronde de douceur
Fête d’un cœur en paix

Retrouver tes ailes

Fais renaître les ailes qui se reposent
Elles s'ouvriront à l'essentiel
Tout entier le ciel
Les prépare à la métamorphose

La voix de paix te parvient
Le don orne ton cœur
Changement porteur

Saisir ce qui passe
Repartir de ce rien
Bondir à l'aube blanche qui vient

S'ouvrir à la nouveauté
Précieux cristal léger
Tant de fois
Tu as retrouvé tes ailes
Tes yeux ensoleillés

La solitude est nuit
Prends un appui
Accroche-toi au mât

Mets-toi en route vers celui
Qui écoute la harpe de ton âme
Il t'éclaire en offrant sa lumière

Tant de fois tu as retrouvé tes ailes
Tes yeux ensoleillés

La route de lumière

LA ROUTE DE LUMIÈRE
Grignote l'ombre
De toujours à toujours

Les flèches de feu
Révèlent l'itinéraire
Le soleil se donne
Sur le parcours
Dans sa déclaration d'amour

Il saigne aux carrefours
Qui renvoient en arrière
Par désir de désert

Mais les flèches scintillent
Elles restent unies
Indiquant la maison
Bordant l'horizon

La route de lumière

Quête de clarté en clarté
Chercher l'archer
Pour lui répondre

Sa prévenance
Entoure le tracé
Je le vois et j'accours
Mes pas me conduisent en moi
Vers ma propre voie

La route de lumière
Grignote l'ombre
De toujours à toujours

Ta lettre

« Asi fue, asi es y asi sera hasta cuando,
salvage y dulce amor, bienamada Matilde,
el tiempo nos senale la flor final del dia. »

« Ce fut, c'est, ce sera ainsi jusqu'au moment,
sauvage et doux amour, Mathilde bien-aimée,
où le temps marquera du jour la fleur finale. » (Pablo NERUDA, Cien sonetos de amor, Gallimard, 1995, p. 56)

L'ESSAIM DE MES HEURES VIVES
S'agite sous les rayons sauvages
Les couleurs de ton message
Partons vers l'autre rive

Même si le soir adresse son appel
Je le ferai attendre
Car l'harmonie semble éternelle
Dans ta lettre tendre

Radieux de paroles
L'oiseau en mon cœur s'envole
Mon visage clair
Brillante bannière
Chasse les ombres noires
Les heures du soir
Patienteront jusqu'à plus tard

L'essaim de mes heures vives
S'agite sous les rayons sauvages
Les couleurs de ton message
Partons vers l'autre rive

Alors ta lettre d'amour
Remplace le jour
Se tissent les songes
Mes rêves se promènent
Sous un souffle bleu ils s'allongent
Dans la ferveur d'une fontaine

L'ouverture

Le ciel délaissé défaille
Dans la soif de l'attente
Quelques braises brèves
Et lassées sont insuffisantes

À quand l'ouverture
De ce qui est scellé
Quel cœur habiter
De son inlassable tendresse
Avant de dévoiler sa hardiesse

D'amour le ciel murmure
Frémissant d'espoir
Qui voudra croire
Au passage de l'obscur
À la vraie clarté

Grâce de la présence
Rebondissement de bienveillance
Une petite île pour rayonner

Un souffle sur une barque errante
Ajustant sa trajectoire

Une goutte de bonheur
Dans le cadre tracé
Lui donnant toute sa couleur
Dans sa bouche un chant nouveau
Offert par le vent ensoleillé

Au seuil de l'espoir

LE SENS DU SILENCE
Je me pose et j'avance
Porté par la paix
Entrée dans le royaume parfait
Ce qui est fin
Devient plus épais

Au seuil de l'espoir
Je m'assieds sur le rivage
Désormais je veux voir
Les traces de ton passage

Un tout autre langage
Au-dessus des orages rôdeurs
Des rapaces dérivant sans couleur
Dans les éclats du couchant
Accompagnant le vent de l'instant

Dans ta maison de verre
Traversée par le soleil

Nos cœurs se joignent
Par nos regards
Pour un long départ
Vers le temps suspendu
Échange consentant

Je courais, je courais
Ma propre misère
Se perdait dans l'éphémère
Tu vins dans mon hiver
Ta portée est permanente

Du ciel, tu regardes la terre
Certaines pierres
Mûrissent avec le temps
Elles s'ouvrent doucement

Au seuil de l'espoir
Je m'assieds sur le rivage
Désormais je veux voir
Les traces de ton passage

L'heure mûrie de demain

L'heure mûrie de demain

Si mes yeux voyaient encore demain
Les couleurs de l'arc-en-ciel qui s'étalent
Comme s'étendent les ailes du matin
Bras ouverts tels des voiles

Tu me tiens dans ta main, elle promet
Même le temps d'un quatrain
L'espoir sourit, il sait rester discret
Voici l'heure mûrie de demain

Porté

AU GRÉ DE L'ONDE, JE VAGABONDE
Avec pour compagnie le vent léger
Promis à la joie qui surabonde
Je me sens porté
J'ai un pied dans le parfait
Fait pour durer le jour entier
Tu es là pour toujours
Par ta limpidité
Mon regard est clarifié
Tes bras me secourent
Tu as fait un radeau d'un rameau
Pour mon parcours
J'avance avec le bout de mes ailes
Ta voix me soulève
Au gré de l'onde, je vagabonde
Je suis porté
Rien ne saurait me manquer

Le chant de la source

LA PRÉSENCE S'EST DONNÉE
En cet endroit secret
Elle s'est glissée
Au creux de la forêt
J'ai écouté
Le silence rayonner
Je l'ai laissé
Faire place à l'espérance
J'ai vu le ciel s'ouvrir
Alors j'ai pu accueillir
Le chant de la source

Table des matières

Mise en page : Maud Warg

Achevé d'imprimer
en août 2023
par Isiprint (France)
pour le compte de
Saint-Léger éditions

Dépôt légal : août 2023